微笑之旅

[美] 凯伦·考夫曼·奥洛夫 文
[西] 卢恰诺·洛萨诺 图
周 莉 译

青岛出版集团 | 青岛出版社

宝宝对妈妈甜甜地笑。
妈妈也和宝宝一起,笑啊笑。

看到这位妈妈的笑容,
格兰老师一天都有好心情。
她的快乐传递给了全班的一年级小学生。

老师赞许地一笑，小赛顿时神采飞扬。

这自信的笑容也闪耀在队友们脸上。

比分暂时落后，教练有点儿沮丧。

看到阿罗的笑脸,
教练重新燃起了希望。

微笑飞呀飞，来安慰小薇。

射门失败，又伤到了膝盖，小薇真懊恼。

这时，她看到了教练鼓励的微笑。

小薇跟祖母聊得眉飞色舞,
她的微笑也穿过了屏幕。

祖母笑着,问候清洁工吉姆。

这一天过得太糟糕,吉姆的老板正烦恼,这时,他看到了吉姆关切的微笑。

晚些时候,老板去用晚餐。
侍者艾德被他的笑容深深感染。

玩具火车坏掉了,男孩小恩正流泪,
艾德的微笑给了他暖暖的安慰。

小恩拜访爷爷家,爷爷脸上笑开了花。

街对面,是新邻居安妮的家。

小恩和爷爷送去一份礼物,笑着请她收下。

这个微笑，伴着安妮的问候装进了信封。

侄女小珍正生病呢,展开信笺的一瞬间,她觉得好温暖。

跑步途中，遇到几只嬉戏的小狗，小珍笑着跟它们招招手。

领养一只小狗吧！
ADOPT A PUPPY

一只小狗跑过来,摇头摆尾地逗宝宝。

妈妈笑了。这一刻,她忽然想:
也许,正是这只小狗
把宝宝的那个微笑带回来了呀!

献给"汤汤水水六人组"——鲍比、凯瑟琳、黛拉、凯伦、特蕾西、瓦尔。
感谢我才华横溢的（英文版）编辑梅瑞狄斯·芒迪。
——凯伦·考夫曼·奥洛夫

献给曼苏·帕林达小宝贝。
——卢恰诺·洛萨诺

图书在版编目(CIP)数据

微笑之旅 /（美）凯伦·考夫曼·奥洛夫文;（西）卢恰诺·洛萨诺图;周莉译. — 青岛：青岛出版社，2023.1
ISBN 978-7-5552-9252-4

Ⅰ.①微… Ⅱ.①凯…②卢…③周… Ⅲ.①儿童故事－图画故事－美国－现代 Ⅳ.①I712.85

中国版本图书馆CIP数据核字(2022)第073289号

山东省版权局著作权合同登记号 图字：15-2020-3号

Text Copyright © by Karen Kaufman Orloff 2016
Illustrations Copyright © by Luciano Lozano 2016
Originally published in 2016 in the United States by Sterling Publishing Co., Inc. under the title MILES OF SMILES.
This edition has been published by arrangement with Sterling Publishing Co., Inc., 1166 Avenue of the Americas, New York, NY, USA, 10036.

WEIXIAO ZHI LÜ

书　名	微笑之旅
文　字	[美]凯伦·考夫曼·奥洛夫
著　绘	[西]卢恰诺·洛萨诺
翻　译	周莉
出版发行	青岛出版社
社　址	青岛市崂山区海尔路182号（266061）
邮购电话	0532-68068091
责任编辑	周莉
装帧设计	智于设计
印　刷	青岛名扬数码印刷有限责任公司
出版日期	2023年1月第1版 2023年1月第1次印刷
开　本	16开（889 mm×1194 mm）
印　张	2
字　数	20千
书　号	ISBN 978-7-5552-9252-4
定　价	45.00元

编校印装质量、盗版监督服务电话 4006532017　0532-68068050